手

菅沼美代子

思潮社

手

菅沼美代子

思潮社

目次

*

側道　10
パッフのように　14
在るということ　18
揚げる　22
窓たたき隊　26
シャーペンとえんぴつ　30
聴こえない音　34

* *

なすを焼く　38
マンモスの夢　42
サイレントストーン　46
壊れていく　50
鍵　54
霽れたなら　58
泰山木忌の礼　62

＊＊＊

黙約　66
秘めごと　70
生きる　74
手　80
このまま瞼が開かなければ　84
震える秤　88
石に成る　92

ことば　96
菅沼美代子さんの詩　三木 卓　100
あとがき　102

カバー作品＝内藤淳「空に響く音」　装幀＝思潮社装幀室

手

*

側道

バス停からの数分間
重い袋を提げて
歌のありかを考えながら
家に向かう

幹線道路から
横道に入るので
ちょうどよい
思考回路がつながる

遠くのほうから
少年が歩いてくる
下校時間なのに　ひとりだ
だんだん近づいてくる

歌と言葉を往ったり来たりして
雑多な食材が揺れる

少年とすれ違うとき
青帽の下の黒い眼が
いきなり「こんにちは」と声を張る
一瞬のできごとにたじろぐ

ほんの少し
時間がながれ

すかさず「こんにちはー」と
青帽の眼に大きな声で明るく返す

ふたりは振り返らない
ふたりは笑顔になっている
きっと
軽い足取りになって
細い道をまた歩いていく

パッフのように

パンツを洗うのと同じなの
パッフは毎日きれいに洗わないと
ビューティーアドバイザーに
言われてしまう

ぼやぼや生えてくる眉毛を
すっきりと整えてもらい
仕上げにパッフで白粉をつけてもらう
デパートのコスメチックコーナー

香料の匂いと
ふわぁっとやわらかくてあたたかい
心地好さが肌から心へと伝わる
はじめての気持ち

わたしにとっての
パッフって
なんだろう

家族の洗濯をして
干して　たたんで
ご飯を作って
食べて　洗って片づけて
玄関廊下居間台所階段バス・トイレ掃除も
抜かりなくやっているのに

毎日洗わないと目が詰まり
白粉の乗りが悪くなると
追討ちをかけられる

わたしなら
「あれ」とか「それ」とか言わないで
感じること　想像することを
まっさらのことばで
パッフみたいに
使えたらって思っている

在るということ

指定席のように
人を待っている
駅のホームのベンチ
いつの間にか
仕切りが入れられ
三人が腰掛けられるように
二本の板が打ち付けられている

熱風が吹き抜けていく半夏生の午後

スカートの裾を押さえて
ベンチの真ん中に座る
背に凭れる
左右のがっしりと固定された
高さ三・五センチの仕切り板を
なぞってみる　両の掌で
胸の奥がぞーっと寒くなる

数ヶ月前には
板など無かったベンチ
冷たい風が音を立てて吹き捲っていた

コートの襟をギュッと窄め
丸くなり震えていた
詰めて詰めて寄り添って座っていたベンチ

三人、四人、五人…と
遠慮してくっ付いて

浮浪者の寝床になるからと
威張った若造が踏ん反り返って
占拠するからと
防御しないで

等分ではないけれど
分け合っていた　譲り合っていた
駅のホームのベンチ

母のあいのように
分け隔てることなく
ただ　そのままで在ることの美しさ

駅のホームのみんなのベンチ
霙混じりの朝だったのに暖かかった

揚げる

僅かに許された逃避行
少年は
小さなベランダから凧を揚げる
鳥の容をした凧を

小児科病棟には
土の匂いはない　花の香りもしない
長く果てしないベッドの上の生活
友達はまだ空さえ見られない

無菌室で
天井ばかりを見詰めて暮らしている

標高三千メートル見霽かす大地
空の蒼と土の茶色
悠々と流れる純白の雲
黄砂が舞っている　降ってくる
はるか彼方から偏西風に乗り
辿り着く太陽は鏡のようだ
そこだけが銀色に輝き
あとは視界が狭くなる
チベット高原の人々は
タルチョという旗に
ことばや　文字や　絵をかき
天に届くように掲げる

と　歓びの歌声が大地に響き渡る

微かな風を捉え　抵抗を揚力に変え
するすると舞い上がる凧は
少年の胸の奥に閉ざされた夢のように
空の中心に引き込まれてゆく

その手応えが嬉しくて糸を引く
少年の掌は熱い

見霽かす街並　耳を澄ますと
少女の透き通った歌声が
這い上がってくる

窓たたき隊

聞こえてくる
聴こえてくる
かわいらしい声たちが

どこにも行けなくなって
久しい　老婆は
そっと耳を澄まし
渡る風を捉まえ
子どもたちの学校帰りの
ランドセルのひしめき

弾んだ靴音
微かな歓声が
立ち昇ってくるのを聴く

直角に曲がった腰を反らし
萎えた脚を引きずり
ベランダまでの数歩を
逸る思いで柵に跳びつく

身を乗り出して
手を振る
おいでおいでをするように
後ろに大きく頸を傾げた
子どもたちが
小さな手をいっぱいに拡げて

老婆に返す　ゆらゆらと
応援旗のように

夕焼け空を引き連れて
窓たたき隊が通っていく

くしゃくしゃの老婆の笑顔に
茜色が映え渡る

シャーペンとえんぴつ

細くて頼りない
いつもとがっていて
自分が一番だと思っている
びくびくしている友達のことは知らない
プッンとシャーペンの芯が折れる
様子をうかがっている
友達のことはおかまいなしだ

太く柔らかい
濃さと粘り強さは

まめつしても　ちびてきても
めげずに元気だ
最後まで表現するえんぴつは
自分を大事にする

だから　月と地球くらい離れている
へだたりを埋めようとしてくるのは
きまってえんぴつ

なぐり書きのシャーペンの日記に
きょうも　えんぴつの
やわらかいことばが添えられる

　そのちょうしでね
やればできるよ

だいじょうぶみているよ

自転しているシャーペンは
止まらない
一気に昇りつめプッンと折れる
イライラする　理由なんかない
得意技でノックしようとする
コントロールしろ　深呼吸しろ
クールダウンしろ

この小さな四角い箱のなかに
他人がいるだけで息苦しくなる
丸くなれないでいる
どうしろって言うの
いいかげんにしてくれよ

仲間をすきなのに
ケースが狭苦しくて
友達を片端から弾き飛ばしている
自分の芯がいちばん傷つきやすく
脆いことを知りながら

こころはカーテンみたいにゆれている

聴こえない音

弾む鼓動が大合唱する夏
長い脚を宙に浮かせ
翅をふるわせ
齧りとった木材と唾液を捏ねては
たんせいな部屋を建て増ししていく

羽音が暑さを増し
黄色と黒の縞模様が
ギラギラした陽射しに映え
万華鏡のように輝いている

だが　なにも厭うことはない
さりげなく引戸を開け閉めして
ときおり　働く姿に眼を細める

近ごろ聞いた「モスキート音」のこと
聞こえる若者には
かなり耳障りな音　不快音のため
コンビニで屯する若者を排除できるという

かれらは聴く耳を持っている
かれらが耳を傾ける話がないのだ
きっと　声高に叫ぶのではなく
やさしい時間がほしいのだ
群れは　いつだって寂しいのだから

やがて　黒ずんできた巣に
ひしめきあった
夥しい数のセグロアシナガバチが
へばりついている
部屋の隅にしがみつき
垂れた脚をぶらぶらさせて
ゆれている　震えている

秋の終わり
死と隣合わせの闇間にすべりこみ
わたしに届く
かすかな羽音に耳を澄ます

*
*

なすを焼く

まるまるとした　つややかな
深むらさきに
スゥ　スー　スーッ　と
刃を入れる
肉を傷つけないように

転がらないようにグリルに置く

はちきれそうなそれは
いくらか

しんなりからだをなじませ
むらさきの艶も
おちつき　たおやかになる

あら熱をとると
なお淑やかになり
さあ　裸にしてと言う

指の腹に力を入れ
一皮ずつ剥いていく
そのたびに
浅黄色の夏が見えてくる

首だけ残して
黄みがかった

やわらかな手応えのある
塊があらわれる

たわわな弾力が
掌にのると
まるで
からだから出てきた
魂のようでふるえる

まだ　ほんのりあたたかく
その温もりが
かなしいほどに
新鮮な内臓のようだ

マンモスの夢

血圧が高い夫は目覚めると
きまって怪獣になり一声を発し
苦い夢をかなぐりすてるように
身震いする　奮い立つ

わたしはキッチンで
二十世紀をするすると剝く
つややかな黄色の帯が
螺旋になって繫がる

切り落とさないように
慎重にていねいに続ける

きのう　博覧会で観た
マンモスを想い出しながら…

「ユカギルマンモス」は約一万八千年前
生きていた　歩いていた　走っていた
推定年齢四十～四十五歳　おそらくオス
肩の高さ約二・八メートル
重量約四～五トン

でもほんとうのマンモスを見た人はいない

きみの一歩は地鳴りを起こし

きみの声は大平原に木霊して
きみの立派な牙は獲物を捕らえ
きみの小さな眼は限りない夢を見ていた
にちがいない

しかし
どんなにＤＮＡの糸を解いても
きみの夢がなんだったのか分からない

あたらしい朝を迎える度に
夫も　わたしも
マンモスの夢を想う

氷河の上をドシンドシン
ダンスなどしてズシンズシン

悠々と生きていたきみの
バランスの良い長い牙に見惚れ
かわいい眼差しに　ハッとして…

サイレントストーン

抱え込んでいる　いくつもの　闇と夢
知らぬ間に　育っていった
押し寄せる漣　波　なみならず
幾重にも　折り重なって

崩折れそうな　日常に
棹差して踏ん張り　欲張り
頑なになっていった　棘々
巡る季節に　目もくれないで

空元気で　誤魔化して
酔った振りして　ダンシング
踊っていたのは周りだけ
景色だけが　移ろっていった

とってもきれいないろしているね
うつくしくかがやいてひかってる
ぶつからずにただよっているんだ
はてしないうちゅうのふしぎみたいに

わたしのなかではぐくまれた
ちりばめられたこんぺいとう
やわらかなふくろのなかでね
サイレントストーン　もくもくと

ピンクのトウシューズで
ステップする　プリマドンナみたいに
爪先立ちの　くちづけをしたら
驚いて　困った顔していた

大丈夫　星形のカイヨウのことは
誰にも言わない　誓って秘密
ストレッチャーの上で手を振ると
端整な顔が　一瞬　歪んだ

目覚めたら
小鳥の囀りを　聞き分けられる
草の葉の上の虫や　はちきれそうな露に
映る虹色の光に　眼を細めるだろう

サイレントストーン
生まれたての　涼やかな秋風に
この身を晒して　ひしゃげた感情を
小石のように　放り投げよう

壊れていく

階段にしゃがみこんで
まるくなって　あちらのほうを見ている
空を見ている
見えないものに振り回され自分の芯がない
そう　あなたの眼のなかにわたしはいない

抱きしめてあげたい
あなたの沈黙
あなたの消耗

あなたの履歴
でも　あなたの領分は大きすぎる

横に並んで座り
昔のように手を繋ぐ
あなたのぬくもりを感じる
握った手の甲を撫でている

夏至の朝
あなたと育てた杏の
今年　最後のひとつを
やわらかくもぐ

ぴちぴちに膨らんだ杏の
つんつんとした産毛

あたたかな金色の玉を
涼風のようにつつみこむ

こわれていこうとしている
こころのギザギザを
やさしく一枚ずつ整えて
宥めていく　まるくしていく

すると
少しだけつながったようになり
眸の淵がうるんできて
ちいさく肯くあなたがいる

鍵

バタンとドアを閉めれば
鍵を掛けた気になる
わたしたちの家

明けの明星に
見送られ　そっと
先陣を切って出て行く
父はいちばんの働き者

母は窓という窓を閉め

栓という栓を捻り
鍵という鍵を掛けても
まだ　忘れものがないか振り返る

カレンダーの上を
気ままに滑るように
綱渡りする栗鼠のような娘は
子宮を抱えたまま合鍵を操る

鍵穴隠しをして籠もる息子は
パソコンとケータイがあれば
夢と現のあわいを泳ぐように暮らしている

出て行き　戻って来る
わたしたちの家

疾うに　さようならをした
祖父は　星になり笑って瞬き
祖母は　月になり笑って見守る

鍵は無くても　音も無く
入ってきては　やさしく囁き
ゆっくり肯いては　出ていく

ただいまとおかえりを繰り返し
自分の鍵を見つけるまで
わたしたちの家みんなの家

霽れたなら

雨にけぶっている眼科病棟
二十階から地面は見えない
スカイツリーがぼんやり見える
あなたの眼も同じだろうか

あらしは遠のき
雲が千切れ流れてゆく
視力も視野も
霽れたなら秋の空だ

数多の人種が頭を垂れる
浅草寺にお参りにゆく
線香の香りと煙を浴びる
あなたの眼を祈る

朝の光がこわい
眼を開けるのが恐いと言う
あなたの気持ちが
わからなくもない

グラスや　皿を
洗うようにはいかない
拭えない　くもり空

夕間暮れ

行き交う人波に紛れ歩く
関わりなき人の群れに眩む　思い
ホームで泣きだすなんて
あなたのかなしい手を握る

泪で濡れた掌を包み
あなたを産み出したのは
このわたしだと叫びたくなる

泰山木忌の礼

遠く　墓標が
魂のように林立している

いつの間にか
更地になっているところに
一陣の風が吹いてくる
だが　以前の建物や景色が思い出せない
汗を拭いながら小高い墓地に急ぐ

泰山木のような人だった
赤ら顔で　巨漢
戯れていても　どこか純で
太い幹に白い花をつけ揺らしている

毎年まいとし二十九年
墓碑を洗い　花を手向け
大好きだった麦酒や焼酎をかける
線香が懐かしい詩人を甦らせる

そして　眼を瞑る
掌を合わせる　礼をする

からだを巡る血液のように
時間はたっぷりと流れ

思いはゆっくりと溢れ
遠くあちらの水平線を見つめる
葉叢で　こちらを見ている眼

むかし　彼が　出征のとき
父母がした　ゆるぎない
お辞儀のようにはいかない
が　きりりと　お辞儀をする

ひととせを顧みるように
いっとき　魂を休めるようにして

*
*
*

黙約

大きく開いた横顔は
美しい容で　そこにあり
緑陰の緑の濃淡の静もりに
ひときわ目立つ麗しさ

そよ吹く風に
頸をかしげ
濃密な匂いを届ける
と

どこからともなく
ひとひらの影が近づき
周りを巡り
花蕊にからだごと吸い込まれていく

かすかな羽音をたて
ふるえながら突進する黒揚羽
小刻みに揺れる山百合が
激しく反り返り葉ずれがする

みたされたあとは
いく度もいく度も廻って
会釈をするように挨拶する
それに応えるようにやさしく頷く

森がざわめく前に
雨脚が翅を濡らす前に
すっと　どこかに居なくなる

雨が止むと
緑がことのほか濃くなる
光を集めたような美しい花になる

秘めごと

銀鼠の海に宙返りをして飛び込むと
白い磯着がはり付き
身をくねらせてみるみる沈んでいく
磯桶だけが白い花弁のような雪を受け止め
口を開き波間に揺られ漂っている

――とても永いときが流れた気がした

海女は磯桶の横にぴたり
寄り添うようにしてぽっかりと顔を見せた

磯笛とともに逞しく柔和な顔を上げると
分厚い手袋にしっかりとつかんだ宝物を
身震いしながら桶に抛り込んだ

手馴れた作業は終わった
魔よけの印が守ってくれたのだろう
海女の白い歯がこぼれた

オトコはいつも貫きたいと思っている
街を歩いていても果敢に業をしていても
いちにちの眠りに就くときも
そそり立つ情念をぶつけたくなる
あいするオンナだけがそれを受け止め
まちがいではなく　ひめごととして
いちにち　ふつか　みっか　よっかと

護りつづける禱りつづける

秘めごとは　いつの日か
だれもがまち焦がれる晴れの日となる
うぶごえが　あがる

アコヤ貝の蓋を開けるのは熟練の女工たち
硬い貝の口をカギノミの切っ先が捉えると
ミルク色の肉の肌に透けるような白い玉が
ぬめりを潜って誕生する

三年もの間つらぬかれた生殖器に核を抱き
秘めごとを厚く護ってきた
限りない豊かさを育んできた
暗い海底で揺られながら悶えながら

いつか忘れられそうになっても
ひたすら取り出してくれる手を待っていた

ひらかれると
月の光をたたえた　まるまるとした玉
掌にのせると　深い息をしているように
耀いてみせるひとつぶは
この世のまっさらな風に包まれた

生きる

バギーに躰をあずけて
老婆が押して入ってくる
ゆっくりとお辞儀をして
その後から　老女が
覚束無い足どりでつづく

一枚一枚脱いでいく
おさな児のように
薄皮を剝がすように
着衣をめくり上げる

丸まった背中に突っかかると
傍らの老女が手を伸ばし
くるくると脱がしていく

籐椅子に座り腰を屈め
靴下も踝から踵へ
踵から爪先へと少しずつずらす

だぶついた腹に
大きな傷痕が残っている
赤子を抱いた海に
垂れ下がった乳房が揺れる

あの戦の愚かさも
この躰が知っている

みな化け物になり
狂人にもなった
老婆は怒りを抑え
子どもになった

湯上がりは
娘のように自由で不自由だ
だが　途方も無く
生きて来てしまった
よれよれの髪が張り付く
濡れた背中を
手馴れた手つきで
老いた嫁が拭いていく

今度は

一枚一枚着けていく
肌は包まれ
裸は隠され
今日までの歳月も
密かに蔽われていく

紙コップで冷水を一杯
音を立てて呑む
皺くちゃの顔が
生き返る

それから
安らかに
また　バギーに凭れて
頷きながら歩いて行こう

老婆の後ろによろよろと
老女も付いて歩いて行く

手

眠れぬ夜はそうした
寝息が聞こえてくるのを待ちながら
静かな死体でいた
深い息が聞こえはじめると
ごつごつした手を捜し求めた
たどりつくとあたたかさが逆流してくる
触れにいった手に触れてくる手が
やさしく重なって
あたたかい温もりがひろがってゆく
水面に広がる輪が

最後には岸まで伝わるように

寝息を起こしてしまうと
手は強く握り返してきた
つながることが最初にみちびく手と手
掌と掌は
結ばれるために創られた
いとおしい五本の指と手の平をもっている
押し広げる手は
ジャスミンの香りに
刺激的なリズムを乗せる
力任せに振舞う手は
掌ではなく押し寄せ寄せ返し押し詰める

横たわる人は

掌を開き天に向け
ウミウシのように
花のように痙攣する
やがて安らかな眠りが降りてくる
手はかるく夢を包む蕾になっている

このまま瞼が開かなければ

このまま瞼が開かなければ
どのように過ごすのだろうか
暗闇のなか　かすかな手掛かりを当てにして
体育座りのように躰を丸め
いとおしむように抱き込み
子宮に居たようにたゆたいながら
細胞をひとつずつ開き
こころを集め
震えるアンテナで微細なものも
残さずにキャッチしてゆく

風の流れや囁きに　敏感に応えてゆく
そのほうが僅かな諍いや
小さな戦争にも
Ｎｏ　という狼煙を揚げられる

その上　耳を閉ざされたなら
どのように生きてゆくのだろうか
あまりの理不尽に
闇の奥の窪みに落ちてゆくのだろうか
もう起き上がることもできないのだろうか
いや　一輪の名もない花を手向けて
いやいや　十本　百本の花束にして
空に突き出し天を仰ぎみるのだろうか
争いのない自由に満ちた日々を
一途に望むのは

もはや　できない　こと　なのだろうか

眼を瞑り耳を塞ぎ
こころ静かに禱る姿勢で
すべての人が揺るぎない気持ちを
携えることはできないのだろうか
わたくしたちは
平和が許せないのだろうか
自然に息することが許せないのだろうか
途切れない蟬時雨のなか
一声を聞くために耳を澄ます
止めてくださいを　伝えたくて

震える秤

ある会合でのことです
お客様の話にみな耳を傾けていました
しかし　最前列の男と女は話をしています
数人が目配せをして
なんとか止めさせようとしました
が　ふたりは意に介しません
長老が見かねて声を掛けました
これでおさまると思いきや暫くすると
また　お喋りがはじまりました
止め処なく彼等の無駄口は垂れ流されます

——しずかにしてください　失礼ですよ
すると　男はこういいました
——オレはアンタより何十遍も人の前で話をしている　そのときオレの話を聞かないで喋っているヤツラは大勢いる——　と

いきなり頭を殴られたというよりも
乳房と乳房のあいだのところが
キュッと痛くなりました
痛みが和らぐように両の手をそこに重ねて
項垂れてしまいました
わたしの胸の奥深くに潜んでいる
火薬庫が
爆発を起こしめらめらと燃え上がります

あの　ないものを　あるといわれ
戦いを仕掛けられた遠い国のように
憤りを覚えます

　そうして小さな戦争が始まりました…

酔っ払いの男にとっては
持論のみが正しいので
どんなに正論を通そうとしても
やさしい対話は成り立ちません
まだ　こころの隙間がせつなく
両の手を重ねて宥めています
胸の秤にしずかな嗚咽が満たされ
均衡を失って震えています
あの　砂埃の　戦地で脅える民の

揺らぐまなざしで禱りの姿勢になり
そっと鎮まるのを待ちます
それでも紅い火種は燻っています
いつまでも　いつまでも…

わたしは黙って震えているだけで
いいのでしょうか
見えない力に屈し立ち尽くしていて
いいのでしょうか

自問するたびに胸の秤が震えます

石に成る

夏の匂いを運ぶ風が
行き過ぎる午後
楠の樹の下
このままでよいと思う

小鳥がちいさな声で歌い
幹を啄んでいる
蟻が大きな屑を掲げて
横切っていく

庭から見える景色しか知らない
私だが　ふと
この地面に続く大地の端で
戦禍があることを想う
この梢の先に拡がる蒼空の繋がりに
空爆があることを想う

他愛も無い緑に憩う私が
異国の砂礫の町の
淋しい眼の住人を想う

毎日　新聞は事件を伝え
事実だけを伝え
写真は生を伝え
瞬間しか伝えない

動画はこれでもかこれでもかと繰り返される
今日も　殺害という耳障りなことばが
飛び交う

一握りの糧を頑なに握った子の
震えは収まっただろうか
怒りを顕にした母の訴えは
誰かの胸に届いただろうか
そして
置き去りにされた遺体は
埋葬されたであろうか

私たちは夜も日も明けず
サッカーの祭典に現を抜かし

私たちは分かっていることだけをやっている
分かっていることしかやっていない

やがて
耳順う年
楠は黄白色の可憐な花をつけたが
わたしのあたまとこころは
だんだん石に成っていく
若い緑が一層濃くなっていくことに
夢の続きを見る

ことば

夏の雨のはじめの
一滴のように
混じりけのない
透明で低い体温の水滴

はじまりの
ぱらっという微かな音が
けしきをかえる
それが驟雨にかわっても
篠突く雨に　打ちのめされても

だれも気づかないで
ことがらは起きていて
知らぬ間にできごとが
周知されるという運びに
馴らされてはいけない　わたくしたちは

――こんな馬鹿な戦争で死にたくないと思った
老人は　ぼそっとつぶやく
――生きていることは幸運ですあの死体の山は
ずっと忘れられません
老婆は　滾る想いを静めて話す

よくはたらく眼で
ねむらないで聴き

しずかな魂で
めいりょうに伝える　ことができる？

上がろうとしている
雨のさいごを視ていると
すでに移ろい惑う間に
ぷふっという秋のような音がした

どこにでも行けそうに
浮かんでいるのに
消えてしまうかもしれない
一筋の白い雲

菅沼美代子さんの詩

もう幾年か前のことになります。この詩集の二番目に収められている「パッフのように」に出会いました。

お化粧のために使うパッフですが、詩人はそれをビューティーアドバイザーに、パッフのあつかいは「パンツを洗うのと同じなの」といわれてしまいました。詩はそんなところからはじまっているので、ぼくはびっくりしたのです。ふつうの女性詩人はそんな書き出しをしませんから。

感じること　想像することを
まっさらのことばで
パッフみたいに
使えたらって思っている

は、結びの四行ですが、ここまで来てぼく同様パッフとパンツの並列におどろいている詩人が、生活の幅いっぱいに詩をとらえようとして卒直に言葉をつかっていることがわかりました。

これが菅沼さんという詩人を意識したはじまりです。

菅沼さんは教員をやって生きてこられましたが、その中には障害者教育という仕事もありました。また障害をもつ者とのごく身近かな体験もありました。「揚げる」「霽れたなら」などの作品は、障害者としてこどものころからずっと生きてきたぼくには、いわば自分は母親を追いつめていた人間ですから、その追いつめられた母親の気持になって読まざるを得ませんでした。

生きるということは、苦痛におもりをおろしていくことです。そこから生活の深みを知ります。そこにこの詩人の〈強さ〉も感じます。

また、「なすを焼く」などは、エロチシズムをたたえています。女性ががんばるとすばらしいので、男たちは恐れるのですが、そういう根の深い生命感覚が、この詩集の通奏低音になっています。

三木 卓

あとがき

今年も、無事に「泰山木忌」をすませた。「しもん」の編集長だった佐野旭さんの享年と同じになった。まだ若くて亡くなったのだ。実に懐の深い、器の広い詩人だった。元静岡県詩人会会長の大畑専さんの享年とも、あと一年と近づいた。大畑さんは繊細な、孤独な詩人だった。二人の詩人に少しでも近づきたいと思う。

めぐり逢いを大切にしてきた。長い教師生活を退き、詩集をと願った。長女の結婚、三十年近く住んだ家からの引越、次女の結婚と続き、思うに任せなかった。

しかし、切に思えば遂ぐるなり。憧れ続けてきた三木卓先生に跋文を戴き、望外の幸せである。先生は孤高の人、「ことばの王子」「文章の達人」である。正義の視座を持ち、見えないものもとらえてしまう知性の人だ。『わがキディ・ランド』の「蟻の土地」のことばが、尖って突き刺さったままでいる…。先生の四十七年前の詩集である。

「浮く家」に移り、雲と暮すようになって二年。朝一番に、空と富士山を見て一日がはじまる。雲と一緒に季節をかさね、先生のことばを胸に詩を書いていきたい。

表紙は、造形作家の内藤淳さんが飾ってくださいました。嬉しいです。ありがとうございました。

思潮社の小田康之様、遠藤みどり様には、丁寧に詩集を創っていただきました。こころより感謝申し上げます。

二〇一七年九月二日

菅沼美代子

菅沼美代子（すがぬま・みよこ）

一九五三年静岡県静岡市生まれ

詩集
『やさしい朝』（一九八一年、樹海社）
『あいについて　28』（一九八二年、私家版）
『幸福の視野』（一九九〇年、樹海社）
『翔んでみる』（二〇〇二年、樹海社）

日本現代詩人会、静岡県詩人会、静岡県文学連盟会員　詩誌「鵠」、「穂」同人

現住所　〒四二二―八〇〇六　静岡県静岡市駿河区曲金六丁目八―二五―一五〇五

手《て》

著者
菅《すが》沼《ぬま》美《み》代《よ》子《こ》
発行者
小田久郎
発行所
株式会社思潮社
〒一六二―〇八四二　東京都新宿区市谷砂土原町三―十五
電話〇三（三二六七）八一五三（営業）・八一四一（編集）
ＦＡＸ〇三（三二六七）八一四二
印刷所
三報社印刷株式会社
製本所
小高製本工業株式会社
発行日
二〇一七年十月十二日